Judy Moody
adivina el futuro

Megan McDonald

ilustraciones de
Peter H. Reynolds

ALFAGUARA

Título original: *Judy Moody Predicts the Future*
Publicado primero por Walker Books Limited, Londres SE11 5HJ

© Del texto: 2003, Megan McDonald
© De las ilustraciones y la tipografía de "Judy Moody":
2003, Peter H. Reynolds
© De la traducción: 2004, atalaire
© De esta edición: 2017, Penguin Random House Grupo Editorial USA, LLC.
8950 SW 74th Court, Suite 2010
Miami, FL 33156

www.megustaleerenespanol.com

ISBN: 978-1-59437-837-9

Printed in USA

Penguin
Random House
Grupo Editorial

Para Barbara Mauk y todos los lectores
de Parkview Center School
Megan McDonald

Para Dawn Haley, Dueña del tiempo y del espacio
Peter H. Reynolds

índice

Quién es

Judy

Moody es Madame M,
alias la Sabelotodo Durmiente.

Papá

El padre de Judy. Hace
espaguetis y lleva a
Judy a Pelos y Plumas.

Mamá

La madre de Judy.
Le gusta peinarse para no
parecer un *Tyrannosaurus rex*.

Mouse

La gata de Judy.
Un ser muy predecible.

Stink

Hermano pequeño
de Judy. Le roba
el anillo del humor.

Quién

Rocky

El mejor amigo de Judy.
Come sándwiches
de mortadela.

Srta. Tater

La Dama de los crayones.

Sr. Todd

Profesor de Judy,
alias Gafas Nuevas.

Frank

Los anillos del humor
no engañan.
¿Estará enamorado
de Judy?

Jessica

Ganadora del concurso
de ortografía. Nunca ha estado
en la Antártida.

El anillo del humor

Judy Moody se tomó uno, dos, tres tazones de cereal. No encontró ningún premio. Se sirvió cuatro, cinco, seis tazones... Por fin salió el Premio Misterioso. Judy rasgó rápidamente el envoltorio.

¡Un anillo! Un anillo de plata con una linda piedra. ¡Un anillo del humor! Y una cartulina pequeña en la que decía:

¿Cómo anda tu humor hoy?

¿Cómo anda tu humor hoy?

NEGRO	DE UN HUMOR INSOPORTABLE
AMBAR	NERVIOSO, TENSO
VERDE	CELOSO, ENVIDIOSO
AZUL VERDOSO	TRANQUILO, CALMADO
AZUL OSCURO	TRISTE, DESGRACIADO
AZUL CLARO	CONTENTO, ALEGRE
MORADO	ENCANTADO DE LA VIDA
ROJO	ROMÁNTICO, ¡ENAMORADO!
GUÍA OFICIAL DEL ANILLO	PONTE EL ANILLO EN EL DEDO O APRIETA LA PIEDRA CON EL PULGAR. ESPERA TRES SEGUNDOS Y ¡SABRÁS DE QUÉ HUMOR ESTÁS!

Judy se puso el anillo, presionó el pulgar contra la piedra y apretó los ojos con fuerza. Mil uno, mil dos, mil tres... Esperaba que el anillo se pusiera morado, que era el mejor color. Morado significaba *Encantado de la vida*.

Por fin se atrevió a mirar. ¡Oh, no! No lo podía creer. ¡El anillo estaba negro! Ya se imaginaba ella lo que eso significaba sin necesidad de que se lo dijeran. Negro era *De un humor insoportable.*

"A lo mejor conté mal", pensó Judy. Cerró los ojos y volvió a apretar el anillo. Esta vez sólo pensó en cosas agradables y alegres.

Se acordó del día en que Rocky, Frank y ella pusieron una mano de goma en el inodoro para gastarle una broma a Stink; de cuando su codo salió en una foto en el periódico; y también de cuando recogió botellas para salvar el bosque tropical con sus compañeros de Tercer grado.

Pensó en cosas moradas: piedras, caramelos y paletas.

Judy Moody abrió los ojos.

¡Había fallado! El anillo seguía negro.

¿Estaría dañado? ¡No! Judy estaba segura de que los anillos no mienten, y menos aún si vienen con instrucciones.

Por si acaso, Judy puso su pulgar durante un rato sobre un cubito de hielo y después volvió a apretar la piedra del anillo. ¡Negro!

Metió el dedo en agua caliente y apretó de nuevo... Negro, negro requetenegro. Ni un poquito de morado.

"Será que estoy de mal humor y ni siquiera lo sé", pensó Judy. "¿Cuál puede ser el motivo?".

Judy se fue a buscarlo.

Encontró a su padre plantando bulbos de otoño en el jardín.

—Papá, ¿me llevas a Pelos y Plumas?

A Judy no le gustaba nada cuando su padre tenía cosas que hacer y no podía llevarla a la tienda de mascotas. Podía sentir cómo se iba poniendo de mal humor.

—Claro. Espera a que me lave las manos.

—¿De verdad? —preguntó Judy.

—De verdad.

—Pero tienes cosas que hacer. Y yo tengo tareas.

—No importa. Ya estaba acabando. Me lavo las manos y nos vamos.

—¿Y las tareas?

—Las haces después de la cena.

—Olvídalo —respondió Judy.

—¿Ah, sí? —dijo su padre extrañado.

Judy Moody siguió buscando otro motivo para estar de mal humor.

Le fastidiaba que su madre la mandara a peinarse. Así que se soltó las coletas. Los pelos le quedaron de punta como las púas de un *Tyrannosaurus rex*, y el flequillo le quedó sobre los ojos.

Encontró a su madre en el sillón rosa, leyendo.

—Hola, mamá.

Su madre le sonrió.

—Hola, cariño.

—¿No vas a decir nada? —preguntó Judy.

—¿Como qué?

—Pues "Péinate. Quítate el pelo de los ojos. Pareces un *Tyrannosaurus rex*". Algo por el estilo...

—Es por las coletas, cariño. Se te pondrá bien en cuanto te lo laves esta noche.

—¿Y si viene alguien a casa y llama a la puerta ahora mismo?

—¿Quién? ¿Rocky?

—No, alguien como el Presidente.

—Pues le dices al Presidente que enseguida bajas. Y luego subes a peinarte.

Era inútil. Judy Moody tenía que
encontrar a Stink. Si había alguien
capaz de ponerla de mal humor, era su
hermano.

Judy subió y entró en el cuarto de Stink sin llamar a la puerta.

—¡Stink! ¿Dónde está mi maletín de médico?

—¿Qué maletín? Yo no lo tengo.

—Pues siempre lo tienes tú.

—Me dijiste que no tocara tus cosas.

—¿Tienes que hacer caso a todo lo que se te dice?

Judy fulminó el anillo con la mirada.

—Este anillo miente —dijo mientras se lo quitaba y lo tiraba a la basura.

Stink lo recogió.

—¡Un anillo del humor! ¡Guauu! —dijo Stink, y se lo puso. La piedra se puso negra, negra como el ala de un murciélago.

—¿Lo ves? —dijo Judy—. No funciona.

Stink presionó el pulgar contra la piedra. ¡Se puso verde! Verde como el cuello de una tortuga, verde como la panza de un sapo.

Judy no lo podía creer.

—Déjame ver —le ordenó; estaba verde de verdad—. Stink, devuélveme ahora mismo mi anillo del humor.

—Lo tiraste a la basura —respondió Stink jugueteando con el anillo para provocarla—. Ahora es mío.

—¡Puaf! Ese verde es feísimo.

—¡Mentira!

—El verde significa que tienes envidia, que te gustaría ser yo. Stink, ¡estás verde de la envidia!

—¿Por qué iba a tenerte envidia si tú no tienes ningún anillo del humor?

—Dámelo, Stink, que por ese anillo me comí siete tazones de cereal, me negué a ir a Pelos y Plumas y me congelé el dedo hasta quemármelo.

—Pues con todo y eso, ahora es mío.

—¡Grrr! —gritó Judy.

Cúcara Mácara

Al día siguiente, Judy amaneció de un humor negro como un pan tostado quemado. El humor que, rapidito, pondría la piedra del anillo negra.

Se propuso convencer a Stink de que ella poseía poderes mágicos y por eso tenía que darle el anillo. ¿De qué sirve un anillo del humor en manos de alguien sin poderes mágicos?

¿Dónde andaría el metiche de Stink?

Seguro que estaba en la sala leyendo la enciclopedia, así que Judy bajó corriendo. Efectivamente, Stink estaba acostado en el suelo, rodeado de enciclopedias, tocándose un diente flojo.

—¡Ya lo sabía! —exclamó Judy—. He adivinado que estarías leyendo la enciclopedia. ¡Tengo poderes especiales, superpoderes mágicos para ver el futuro!

—Siempre estoy leyendo la enciclopedia. ¿Por qué letra voy?

—Por la *M.*

—¡NO! —exclamó Stink—. ¡Por la *S!*

—De todas formas, adiviné.

¿Qué más podría adivinar?

Buscó en la cocina una galleta de pescado para Mouse, y la escondió en el bolsillo.

—Adivino que Mouse va a entrar ahora mismo en la sala —anunció.

Se puso la galleta de pescado detrás de la espalda, donde Stink no pudiera verla. Mouse entró en la sala con su andar ondulante.

—¡Mouse! —exclamó Judy—. ¡Qué sorpresa! ¡Sólo que... yo ya lo había adivinado! ¡Ja!

—Mouse siempre viene donde estamos —respondió Stink en tono burlón.

—¿Y si pudiera leer el pensamiento de mamá?

—Yo prefiero leer la enciclopedia.

—¡Stink, tienes que venir conmigo! —insistió Judy—. ¡Para demostrarte mis fabulosos poderes de adivinación!

Stink la siguió al despacho de su madre.

—Hola, mamá —dijo Judy—. ¿Sabes una cosa?

—¿Qué? —le preguntó su madre mirándola por encima de las gafas.

—Sé en qué estás pensando —le aseguró Judy. Apretó los ojos, arrugó la nariz y se llevó los dedos a las sienes—. Estás pensando... que te gustaría que limpiara debajo de mi cama en lugar de andar molestándote. Estás pensando... que te gustaría que Stink hiciera ya su tarea para no tener que lidiar con eso durante el fin de semana.

—¡Formidable! ¡Eso es exactamente lo que estaba pensando! —exclamó su madre.

—¿Lo ves? —dijo Judy sonriendo.

—¿Estabas pensando en eso de verdad, mamá? —preguntó Stink.

—Ahora adivino que papá va a llegar ya a la casa —insistió Judy.

—Porque has oído la puerta del garaje —respondió Stink.

—Es verdad. Está bien, hoy le toca a papá hacer la cena. Adivino que serán espaguetis.

—No sabe hacer otra cosa más que espaguetis y macarrones.

Stink corrió a la cocina. Judy corrió detrás de él.

—¡Papá, papá! —gritó Stink—. ¿Qué hay para cenar?

—Espaguetis.

—Acertaste, pero por casualidad —le dijo Stink a Judy.

—P-S-E, Poderes Súper Especiales —dijo Judy.

—De acuerdo —concedió Stink—. Estoy pensando en un número.

—No funciona así.

—¡Dímelo! ¿Cuál es el número?

Judy fue por un trapo de cocina y se lo puso en la cabeza como un turbante. Cerró los ojos, se llevó las yemas de los dedos a las sienes y comenzó a decir cosas raras.

—Alí Baba. Abracadabra. Cúcara, mácara.

—¿El trapo de cocina te ayuda con los PSE? —preguntó Stink.

—¡Cállate! Me estoy concentrando.

—Date prisa. ¿En qué estoy pensando?

—En que no tengo Poderes Súper Especiales.

—Correcto.

—En que si tuviera PSE no tardaría tanto —continuó Judy.

—¡Correcto! ¿Y lo del número?

El número favorito de Stink era siempre su edad.

—El siete.

—¡Muy bien! —exclamó Stink—. Ahora estoy pensando en un color.

—¿En el verde feísimo del anillo? —preguntó Judy.

—¡NO! Berenjena —dijo Stink.

—¡BERENJENA! ¡Berenjena no es un color! Es una hortaliza asquerosa.

—Pues eso es en lo que yo estaba pensando.

—Reconócelo, Stink. Tengo poderes especiales hasta sin el anillo del humor.

—Así que no te hace ninguna falta —le respondió Stink faroleando el anillo delante de las narices de Judy.

—Una persona con poderes especiales como yo debe tener un anillo del humor. Es para adivinar el futuro, como una bola de cristal. ¿Se te ha puesto morado el anillo a ti?

—Pues no.

—¿Lo ves? Sólo se pone morado con las personas con Poderes Súper Especiales. Y se pone verde de envidia con los simples lectores de enciclopedias.

Stink se quedó mirando el anillo.

—En realidad, adivino que si no me devuelves el anillo, el dedo se te va a poner verde y se te caerá.

—No pienso quitármelo nunca.

—Eso ya lo veremos.

La llamada de Sapito

El sábado, Stink estaba leyendo la enciclopedia ¡otra vez! El diente estaba un
poco más flojo. Por supuesto, él se lo
movía con el dedo del anillo del humor.
La piedra resplandecía, lanzaba deste-
llos. Stink se rascaba la cabeza con el
mismo dedo unas cien veces por minuto.

—Stink, ¿tienes piojos o qué? —preguntó Judy.

—No. ¡Tengo un anillo del humor!
—dijo, y se echó a reír como un loco.

El muy piojoso estaba empezando a sacar a Judy de sus casillas. No podía seguir un minuto más en la misma habitación viendo su anillo *que no era suyo*. Necesitaba pensar.

Judy echó un vistazo al jardín por la puerta de atrás. Estaba lloviendo. Se puso las botas impermeables, cruzó el jardín corriendo y entró en la sede del club S.O.S. (Si te Orina un Sapo), también conocida como la vieja tienda azul.

La lluvia hacía plip-plop, plip-plop. La sede del club parecía desierta con ella sola allí. Le habría gustado que estuvieran los demás miembros del club, por lo menos Rocky y Frank; Stink, no.

Hasta echó de menos a Sapito. No debió haberlo liberado, aunque fuera para salvar el planeta.

¡Croac-croac!

¡Zas! De pronto, se le ocurrió una idea. Una idea perfecta para demostrarle a Stink que podía adivinar el futuro.

Ella, Judy Moody, adivinó que su hermano no tardaría en devolverle el anillo del humor. No necesitaba más que un envase de yogur, un poco de suerte y un sapo, o al menos una rana.

☙   ☙   ☙

Judy abrió el paraguas y se agachó para buscar el dichoso anfibio. Miró en un montón de leña, dentro de la manguera enrollada del jardín y debajo de la vieja bañera que estaba detrás del cobertizo.

¡Croac-croac!

Podía oír como un millar de ranas, pero no veía ni una. Seguro que había por allí alguna criatura parecida a Sapito. No estaba buscando algo tan difícil como un escarabajo tigre ni nada de eso.

Ya estaba a punto de rendirse y volver a casa cuando oyó algo en el porche de atrás que hacía ¡croac-croac!

¡Era Mouse! ¡Mouse hacía un ruido igual al de una rana!

La gata estaba bebiendo agua de su plato.

¡Espera! No era Mouse, más bien era el plato el que croaba. ¡Había un sapito nadando en el plato del agua de Mouse!

Judy respiró hondo. Sacó muy despacio el envase de yogur.

—¡Ja! —atrapó con él al sapo. Se preguntó si se parecería a Sapito y levantó el envase para ver.

¡Croac-croac! El sapo se puso a dar saltos por el porche, bajó las escaleras y se metió en la hierba mojada.

—Sapito, Sapito. Sapito bueno. Bonito, ven con Judy.

¡Croac-croac! ¡Croac-croac!

—¡Te agarré! —gritó Judy atrapando al sapito.

Era del mismo tamaño de su Sapito. Con sus mismas manchas, verrugas y bultos. ¡Hasta tenía una banda blanca en el lomo!

—¡Igual-igual!

De pronto, Judy sintió algo cálido y húmedo en la mano.

—¡Sapito Dos! —exclamó.

❧   ❧   ❧

Judy escondió sigilosamente a Sapito Dos en la tienda, debajo de un balde. Luego fue a buscar a Stink.

—Oye, Stink —chilló Judy desde la entrada chorreando agua—. Vamos a cazar algo al jardín de atrás.

Stink estaba leyendo la *S* de la enciclopedia y ni siquiera levantó la vista.

—"Sábado" empieza con *S* —dijo Judy—. ¡"Salir" también! Así que sal de ahí o te voy a soltar un grito que no olvidarás.

Stink pasó una página.

—¿Vas a venir o te vas a quedar ahí sentado?

—Me voy a quedar aquí sentado.

Judy dio unos golpecitos con el pie en el suelo. Chascó los dedos.

—¡Shh empieza con *S*! —dijo Stink—. Estoy leyendo acerca de la sanguijuela. Es un gusano que chupa sangre.

—Tú sí que eres una sanguijuela —dijo Judy, pero Stink no le hizo caso.

A ella, Judy Moody, le importaban un bledo las sanguijuelas chupasangre. Pero por nada del mundo iba a rendirse y a sentarse, que también empieza con *S*. Tenía que sacar a Stink de la casa. ¡Deprisa!

—Hace un rato vi una de esas sanguijuelas...

—¿Dónde? —preguntó Stink ansioso.

—En el jardín de atrás. ¡Vamos a buscarla!

—¿En serio? —su hermano cerró la enciclopedia.

—¡Cuando llueve es el mejor momento para cazarlas! —afirmó Judy.

Stink buscó en las grietas del porche de atrás, en la maceta, debajo del plato de Mouse...

—¿Qué te hace pensar que podemos encontrar una sanguijuela? —preguntó.

—PSE-DS. Poderes Súper Especiales para Detectar Sanguijuelas. Sigue buscando.

—Eso es lo que estoy haciendo.

—Quien primero encuentre una se gana un helado en la heladería. Espera. ¿Qué es eso?

Judy cerró los ojos.

—Hummm, ba-ba-hummm. Ni-ni-ni-ni-ni. Ommmmm. Siento una presencia.

—¿Una sanguijuela?

—Oigo... un sonido.

—¿Es una sanguijuela o qué?

—O qué —dijo Judy. Volvió a cerrar los ojos y se llevó los dedos a las sienes—.

¡Sí! Veo un color… Marrón verdoso.

—Todo lo que hay en el jardín es de ese color.

—Veo arrugas. Tiene arrugas.

—Las sanguijuelas no tienen arrugas —aseguró Stink.

—Pues esto sí.

—¿No serán más bien segmentos? Tienen el cuerpo segmentado.

—Arrugas como verrugas. Ahora veo algo relacionado con el agua.

Stink miró a todos lados.

—Está lloviendo. Hay agua por todas partes.

—Dije "algo relacionado con el agua" —dijo Judy. Un balde. Un balde. Trató de enviar un mensaje PSE a Stink, pero éste

no lo recibía—. ¡Espera! La presencia está diciendo algo. Sí. Me está hablando. ¡Croac-croac! ¡Croac-croac!

—¿Un sapo? —preguntó impaciente Stink—. ¿La presencia es un sapo?

—Sí. No. Espera. ¡Sí!

—¿Un sapo? ¿De verdad? ¿Nuestro sapo? ¿Te está llamando Sapito?

—¡SÍ! —exclamó Judy—. Es Sapito. Sapito me está llamando. ¡QUÉ CURIOSO!

—¿Dónde? ¿Dónde está?

—Espera. No. Perdona. Lo tenía, pero lo he perdido.

—¡NO! —gritó Stink—. Vuelve a cerrar los ojos. Siente la presencia o lo que sea.

—Hazlo tú conmigo —dijo Judy, y le agarró la mano—. Di: Cúcara, mácara.

—Cúcara, mácara.

—¡Sí! ¡Lo veo! Veo un balde. Y veo algo azul. ¿Un tejado azul? No. Es una tienda de campaña. Sí. ¡Una tienda azul!

Stink fue corriendo a meterse en la tienda buscando el balde. Lo levantó.

¡Croac-croac!

—¡Sapito Dos! —exclamó Judy.

—¿Sapito Dos?

—Me refiero a que es Sapito otra vez. ¡Y debajo de un miserable balde viejo!

—¡Sapito! ¡Has vuelto! —exclamó Stink. Tomó al sapo entre las manos. Sonrió con el diente que se le movía—. Te he echado de menos. Has vuelto. Tal como Judy decía.

—Lo he adivinado. Llámame Madame Moody. Madame M, para abreviar.

—¿De verdad es él?

—¿Quién más va a ser, entonces?

—Sapito, no fui yo quien te soltó. Fue Judy. De verdad. No te vuelvas a marchar nunca jamás.

Stink sostenía a Sapito con ambas manos.

—No me importa que me vuelvas a hacer miembro del club Si te Orina un Sapo— dijo.

—¡Qué asco! —exclamó Judy.

Stink le dio un beso a Sapito entre los ojillos diminutos de su cabeza rugosa.

—Stink, ¿me devuelves el anillo ya?
—preguntó ella.

Madame M, de Moody

Judy y Stink entraron en casa para guarecerse de la lluvia. Comieron galletas y un buen chocolate caliente.

—Tienes poderes de verdad —dijo Stink.

—Ya te lo dije —respondió Judy metiéndose una galleta en la boca.

—Es que creía que era otra broma tuya.

—Pues no —tenía la boca llena.

—Sapito ha vuelto. Y tú lo sabías. Lo adivinaste.

—Ajá.

—Al principio no te creía. Pero luego vi la raya negra.

A Judy por poco se le sale la galleta de la boca.

—¿Qué raya negra?

—La raya negra que tiene Sapito encima del ojo. Otros sapos no la tienen, sólo Sapito. Así es como supe que era él.

—Déjame verla —dijo Judy.

Stink sacó a Sapito del envase de yogur. La doctora Judy lo examinó como si le hiciera un chequeo. Stink tenía razón. Tenía una raya negra igual que Sapito. ¿Sería el mismo?

Ella, Judy Moody, había adivinado que Sapito iba a volver y... había vuelto.

—Te devuelvo el anillo del humor.

—¿Eh?

—El anillo del humor. Tenías razón. Debe llevarlo alguien con Poderes Súper Especiales. Toma, es tuyo.

Stink trató de sacarse el anillo, pero se le había quedado atorado.

—¡No puedo sacármelo! ¡Ay! ¡Mi dedo! ¡Se me ha puesto verde!

—No lo tienes verde, Stink.

—Pero tú dijiste que el dedo se me pondría verde y se me caería. ¡Mira! ¡Ya está verde! Deprisa. ¡Antes de que se me caiga el dedo!

—Vamos a lavarlo con jabón —dijo Judy.

Llevó a Stink al fregadero y le enjabonó el dedo. Retorció el anillo, le dio vueltas y lo jaló con todas sus fuerzas. ¡POP!

—Al fin, Dios mío —dijo Judy, Madame M, de Moody.

Judy Moody se levantó temprano el lunes por la mañana. Ni siquiera el examen de Matemáticas podría a arruinar este lindo día.

No se puso los pantalones con rayas de tigre para ir a la escuela ni la camiseta de HE COMIDO TIBURÓN. Buscó la ropa de cuando estaba de mejor humor: pantalones morados a rayas; suéter de lana que no pica, verde, con una estrella; calcetines de la heladería Mimí y, por supuesto, el anillo del humor.

¡Azul claro! Azul claro era lo más cercano a morado, significaba *Contento, alegre*. Se alegraba de tener otra vez el anillo. Estaba contenta con todo el mundo.

—¡Purr-fecto! —le dijo a Mouse, que se le frotó contra la pierna.

En el autobús contó chistes porque estaba de buen humor.

—¿Por qué comen tantos copos de cereal los de Tercero? —preguntó Judy a su amigo Rocky.

—No lo sé. ¿Porque se han derretido los copos de nieve?

—¡No! ¡Para conseguir el anillo del humor! —y soltó una carcajada.

Siguió contando chistes hasta llegar a la escuela. Stink se tapó los oídos. Rocky se puso a barajar sus cartas mágicas.

—No te ríes de mis chistes —se quejó Judy.

—Es que estoy preocupado por el examen de Matemáticas del señor Todd —dijo Rocky—. ¡Es de fracciones!

Lo normal era que Judy también estuviera preocupada. Pero ese día, no. El anillo del humor se le había puesto azul verdoso, que significaba *Tranquilo, calmado*.

❧   ❧   ❧

—Atención, todos —dijo el señor Todd—. Esta semana tendremos dos exámenes. Hoy, el de Matemáticas, y mañana el de Lenguaje. Pero no olviden que la semana que viene tendremos una visita especial. El lunes vendrá ¡una escritora en persona! También es artista. Ha escrito e ilustrado un interesante libro sobre crayones.

—¿Un libro para niños? —preguntó Rocky.

—Creo que les va a parecer muy interesante. Pueden aprender muchas cosas sobre los crayones —dijo sonriendo el señor Todd. ¿Desde cuándo se ponía tan contento por unos crayones?

En Lenguaje, el señor Todd leyó "El caso de la momia de los ojos rojos". Judy fue la primera en resolver el caso. Cuando le tocó inventar un relato de misterio, Judy escribió en su cuaderno "El misterio de la desaparición del anillo del humor", en el que ella, Judy Moody, resolvía el caso.

Judy se pasó la mañana levantando la mano del anillo del humor, aunque no supiera las respuestas.

Hasta el señor Todd se fijó en el anillo.

—¿Qué llevas ahí? —preguntó.

—Un anillo del humor. Adivina cosas. Como de qué humor estás.

—Muy bonito —dijo el señor Todd—. Esperemos que estén todos de buen humor para el examen. A ver, todos, guarden los libros, por favor.

Judy se inclinó hacia delante para preguntarle a su amigo Frank Pearl si había estudiado las fracciones.

—Sí —dijo Frank—. Pero voy a estar un medio de contento y un medio de alegre cuando termine.

Judy miró de reojo a Jessica Finch. Se veía tranquila, calmada. Seguro que había desayunado fracciones: ¡un cuarto de jugo de naranja, medio pan tostado y tres cuartos de mermelada de fresa!

Judy hizo el examen con calma. No mordió el borrador de su lápiz Gruñón, ni le hizo muecas a la hoja con los problemas. Estaba tan tranquila y calmada que hasta se inventó un problema sobre fracciones.

Problema

Un arco iris tiene siete colores. Si Judy tiene un anillo del humor violeta, Rocky tiene uno azul, Frank uno rojo y Stink uno verde, ¿cuánto del arco iris tienen entre todos?
(¡La respuesta debe ser una fracción!)

Pista: hay cuatro anillos del humor,
o cuatro de los siete colores del arco iris.

Respuesta: ¡4/7!

Todo el mundo asedió a Judy en el recreo.

—¿De dónde has sacado ese anillo del humor?

—¡Déjame ponérmelo!

Era la ocasión de deslumbrar e impresionar a sus amigos.

—¿Quién quiere ser el primero?

—¡Yo, yo, yo, yo! —todos empujaban, daban codazos y lo pedían.

—Esperen —ordenó Judy—. Antes de que se lo ponga alguien, voy a adivinar una cosa.

Judy miró la cartulina que venía con el anillo del humor. Ámbar significaba *Nervioso, tenso*. Rocky estaba nervioso por el examen de Matemáticas.

—Madame M adivina que el anillo se va a poner ámbar cuando se lo ponga Rocky —sentenció Judy.

Rocky se puso el anillo. Negro.

—¡Madame M ha fallado! —concluyó Rocky.

—¡Esperen! El anillo del humor no se equivoca.

Todos rodearon a Rocky para mirar. El anillo se fue poniendo ámbar ¡como había dicho Judy!

—¿Cómo lo sabías? —preguntó Rocky.

—Madame M lo sabe todo. Con Frank se va a poner azul claro. Tengo esa sensación.

—¿Azul significa triste? —preguntó Frank—. Porque estoy triste.

—No, es el azul oscuro el que significa *Triste, desgraciado*. ¡Anda, ponte el anillo!

Frank le obedeció.

Judy cruzó los dedos y rogó para sus adentros: "Azul claro, azul claro, azul claro".

Al poco rato el anillo se puso de color azul claro.

—¡Igual-igual! —exclamó Judy—. El azul claro significa *Contento, alegre*. De ese mismo color se me puso a mí.

—¡Oooooh! ¡A Frank le ha salido el mismo color que a Judy! ¡Frank Pearl y Judy Moody están enamorados! —bromearon todos.

—Frank se va a casar. ¡Con Judy! ¡Y ya tienen el anillo!

Frank se puso colorado como un tomate. Prácticamente le lanzó el anillo a Jessica Finch.

—Espero que a mí se me ponga rosa —dijo ella.

—No hay rosa —respondió Judy—. Pero sí VERDE —alzó la voz mirando al anillo.

Pero antes de que Jessica pudiera ponérselo, sonó el timbre del final del recreo.

         ◎   ◎   ◎

En Ciencias, el señor Todd les habló del clima y del calentamiento global. Judy le sacó punta al lápiz, tiró un papel a la basura y le pasó una nota a Frank con la mano del anillo.

¡Judy no vio que se le subiera la temperatura al señor Todd!

—Ojalá tuviera yo un anillo del humor —susurró Jessica Finch.

—Tienes que comer un montón de cereal —le contestó Judy, pero en voz más alta.

—¿Algún problema, Judy? —preguntó el maestro.

—No —dijo ella, sentada sobre las manos.

En cuanto el señor Todd se volvió hacia el pizarrón, Judy se puso a jugar con el anillo para provocar a Jessica. Le dio vueltas y lo hizo girar hasta que se le escapó. Se estrelló contra la mesa del señor Todd y fue a parar a sus pies.

El maestro se agachó y lo recogió.

—Judy —dijo—, me temo que voy a quedarme con el anillo hasta que acaben las clases hoy.

Judy se puso roja, rojísima. Ni siquiera Madame M había podido adivinar que el anillo del humor iba causarle problemas.

El señor Todd se puso el anillo en la punta del dedo índice y abrió el cajón de su mesa. Antes de que lo guardara, a Judy le pareció distinguir un color.

¿Será posible? No. Espera. A lo mejor... ¡Sí! ¡SÍ! Judy estaba segura, segurísima. El señor Todd se habría quedado con el anillo, pero ella, Judy Moody, había visto el color rojo. Rojo como chile picante.

¡CURIOSO al cuadrado!

La sabelotodo durmiente

Esa tarde, Judy se encontró con Frank en la biblioteca para preparar el examen de Lenguaje.

—¡Eh! El señor Todd te devolvió el anillo del humor —dijo Frank cuando vio llegar a Judy.

—¡Sí! —respondió Judy, levantando la mano para contemplarlo.

No volvería a quitarse el anillo del humor jamás de los jamases hasta que no se pusiera totalmente morado. Salvo en la escuela, por supuesto. Mientras estuviera en clase, lo tendría bien escondido en su caja superespecial donde guardaba los dientes de leche.

—Hablando del señor Todd, ¿has visto las palabras que nos puso para el examen? —preguntó Frank—. Son d-i-f-í-c-i-l-e-s.

Judy miró la lista.

—¡"Madreselva"! ¿Qué es eso?

—Ni idea —dijo Frank.

Fue por un diccionario grande y volvió con él a cuestas como si pesara una barbaridad. Lo abrieron sobre la mesa.

—"Madreselva" —leyó Judy en voz alta—. "Planta trepadora que se enrosca a los árboles".

—"También llamada enredadera de Virginia" —continuó Frank.

—¡Qué curioso!

—Sí.

—Estoy cansada de estudiar.

—¿Ya? ¡Si sólo hemos estudiado una palabra!

—Vamos a ver libros.

Frank siguió a Judy a lo largo de una hilera de estanterías.

—¿Qué libros son éstos? Está todo oscuro y lleno de polvo.

—Espero que no haya por aquí enredaderas de Virginia —dijo Judy con voz fantasmal.

Frank encontró un libro con unas horripilantes fotos de huesos y otros órganos del cuerpo.

—¡Las partes del cuerpo! —exclamó.

Judy fue a buscar a la bibliotecaria.

—¿Cuál traes? —preguntó Frank cuando ella volvió.

—¡*Adivina todo!* Trata de gente que ha adivinado el futuro. Lynn, la bibliotecaria simpática, la de los aretes del tenedor y el pastel, me ayudó a encontrarlo.

—¡Eh! Es un libro de caricaturas. Me encantan. ¿Por qué dibujan gente con la cabeza tan grande?

—A lo mejor es para que les quepan las ideas sobre el futuro. Mira, ¿lo ves? —Judy señaló en el libro—. Estas personas adivinaron terremotos, incendios y nacimientos.

—Nadie puede adivinar el futuro, ¿o sí?

—¡Claro que sí! Aquí lo dice. Los libros no mienten —aseguró Judy.

—Déjame ver.

—¿Lo ves? Jeane Dixon, famosa adivina estadounidense. Era una señora de Washington, D.C. que estaba mirando unos huevos una mañana y adivinó que iban a asesinar al presidente Kennedy. Y también predijo un terremoto en Alaska.

—Aquí dice que adivinó que los marcianos vendrían a la Tierra y se llevarían a los chicos mayores —dijo Frank—. Ojalá se llevaran a mi hermana.

—Ojalá Stink fuera mayor.

—¡Dice que Jeane Dixon veía cosas en la crema batida! —exclamó Frank.

—Yo también he visto cosas en la crema batida. Montones de veces.

—¿Como qué?

—Como trocitos de chocolate —respondió Judy, y los dos se partieron de risa—. Eh, mira esto. Este libro puede servirnos para el examen de mañana.

—¿Qué cosas dices?

—Que sí. ¿Ves a este tipo?

—¿El calvo del corbatín?

—Sí. Aquí dice que vivía en Virginia. Lo llamaban "el Profeta Durmiente". Cuando tenía nuestra edad, hace como un siglo, le fue mal en la escuela por la ortografía. Una noche se quedó dormido con el libro de ortografía debajo de la cabeza. Al despertarse se lo sabía de cabo a rabo. ¡QUÉ CURIOSO!

—Mejor voy a seguir estudiando
—dijo Frank.

—¡Pues yo no! —dijo Judy, y se puso el
abrigo.

—¿Qué vas a hacer?

—Me voy a casa, a dormir.

❧   ❧   ❧

Cuando Judy llegó a casa encontró a
Stink en la puerta.

—Ya no tengo que estudiar para el
examen de Lenguaje —dijo, y le dio un
abrazo de los fuertes.

—¿Por qué lo dices? —preguntó Stink.

—Pues porque sí.

—Porque sí, ¿qué?

—Pues porque mañana me voy a saber montones y montones de palabras como "madreselva".

—¿Madre qué?

—Una enredadera. Se enrosca a los árboles.

—Pues vete a abrazar a un árbol —dijo Stink.

Pero lo que Judy fue a buscar fue el diccionario. El más gordo de toda la casa. Lo sacó del despacho de su madre y cargó con él hasta su cuarto. No lo abrió, ni miró nada dentro. Dejó el gran diccionario rojo debajo de la almohada y luego se puso la deliciosa pijama de bolos. Se imaginó que las bolas eran en realidad bolas de cristal. Cuando se lavó

los dientes, creyó ver una letra en la crema que escupió: la *D* de Diccionario.

Se metió en la cama y puso la cabeza en la almohada. ¡Ay! Qué duro. Colocó encima otras dos almohadas y se dispuso a soñar.

Antes de quedarse dormida soñó que ganaba el concurso de ortografía de Virginia, igual que había hecho Jessica. Soñó que el señor Todd sonreía al devolverle los exámenes. Sobre todo, soñó que en el examen de Lenguaje sacaba un diez, por cero errores más la palabra extra.

Tenía muchas ganas de ir a la escuela a la mañana siguiente. Por primera vez, ella, Judy Moody, y no Jessica Finch (suspenso seguro), recibiría un autoadhesivo de Thomas Jefferson con tricornio por su buen trabajo y su buen discurrir.

ZZZZZZZZzzzzzzz...

Hipopótamo ridículo

Al despertarse a la mañana siguiente, tenía el cuello más duro que una calabaza. Pero no le había crecido nada la cabeza, y tampoco le pesaba más, para estar cargada con tantas palabras nuevas. Se miró en el espejo. Tenía la misma cabeza de siempre.

En el desayuno, se quedó mirando los huevos, como Jeane Dixon, famosa adivina estadounidense. ¡Le pareció ver un

terremoto! El terremoto era Stink, que estaba sacudiendo la botella de ketchup encima de los huevos.

—¡Eso es *absurdo*, Stink! —dijo Judy.

—¿Qué significa eso?

—*Ridículo* —dijo Judy.

—Algo tonto o grotesco —contestó su madre.

—Algo como un *hipopótamo* —añadió Judy.

¡QUÉ CURIOSO! ¡Lo del diccionario bajo la almohada funcionaba de verdad! De su boca salían palabras largas a toda velocidad.

Judy estaba encantada de la vida, de color morado. Ojalá pudiera llevar el anillo del humor a clase. Si la dejaran...

En el autobús, Judy le dijo a Rocky que su nuevo truco de magia era *sobrecogedor*.

En clase, Frank le dio a Judy un jabón de hotel de su colección.

—Es que ya lo tengo —y se lo entregó.

Judy le contestó que era un gesto *inesperado* de su parte.

Luego le preguntó a Jessica Finch si no tenía unas ganas *incontenibles* de que comenzara ya el examen de Lenguaje.

—¿Por qué hablas tan raro? —le preguntó Jessica.

El señor Todd repartió las hojas del examen.

—Sólo quedan cuatro días para que venga nuestra visita especial.

Algo había cambiado. Algo era diferente, *singular* e *insólito*. ¡El señor Todd llevaba gafas nuevas! ¡Y una corbata con dibujos de crayones! Él nunca se había arreglado para un examen...

—Sus gafas nuevas son muy *distinguidas* —le dijo Judy.

—Gracias, Judy —dijo el señor Todd con una sonrisa.

Durante el examen, el lápiz Gruñón de Judy Moody se deslizó por la hoja como nunca. Casi no tuvo que borrar, salvo en la palabra "calabacín".

¡Y empleó la palabra extra en una frase! "crayones". ¿Qué clase de palabra extra era "crayones"? El señor Todd tenía la cabeza llena de crayones. Sin duda alguna.

"Madame M adivina que la Dama de los crayones vendrá pronto a Tercero a ver la corbata de crayones del señor Todd".

¡La frase de Judy con la palabra extra era casi un párrafo! ¡Y la había empleado dos veces! ¡Qué CURIOSO!

Judy fue la primera en acabar, incluso antes que Jessica Finch. ¡Jessica no estaba utilizando su lápiz de la suerte! ¿En qué estaba pensando esa chica?

෨   ෨   ෨

A la hora de comer, ella, Judy Moody, estaba de humor para adivinar. Les dijo a todos:

—No abran todavía sus bolsas. Madame M va a adivinar lo que hay dentro.

—Date prisa —pidió Rocky—. Tengo hambre.

Judy cerró los ojos. Iba a ser muy fácil.

—Veo mortadela. Sándwiches de mortadela.

Rocky, Frank y Jessica levantaron sus sándwiches de mortadela. Todos se quedaron impresionados.

Llegó el momento que había estado esperando.

—Voy a adivinar otra cosa —dijo Judy en voz alta—. Sobre mañana. Algo importante. Algo que no ha pasado nunca en clase.

—¿Ah sí? ¡Dínoslo! ¿Qué?

—¡Yo, Judy Moody, voy a sacar un 10 en el examen de Lenguaje, por cero errores más la palabra extra! Que conste.

—Eso es tan ridículo como un h-i-p-o-p-ó-t-a-m-o —dijo Jessica.

—Ni siquiera estudiaste —dijo Frank.

—Nunca has sacado un 10 en Lenguaje —dijo Rocky.

—Muchas gracias —protestó Judy. "Menudo montón de comedores de mortadela!", se dijo para su adentros— Eso era antes de convertirme en la

Sabelotodo Durmiente, antes de aprender a dormir con el diccionario debajo de la almohada.

—Pero el señor Todd no nos ha devuelto todavía los exámenes —le recordó Frank—. No sabes si funciona.

Judy puso los ojos en blanco e hizo ruidos como si estuviera pensando.

—Hummm, ba-ba, hummm. El señor Todd está corrigiendo los exámenes ahora mismo. Veo un autoadhesivo de Thomas Jefferson. Un tricornio. Por buen trabajo y buen discurrir.

—¡Estás chiflada, Judy! —le dijo Rocky.

—Llámame la Sabelotodo Durmiente —exigió ella.

Antártida

Judy adivinó que le sería difícil quedarse sentada hasta que el señor Todd devolviera los exámenes, y acertó.

Por fin llegó el momento.

—Buen trabajo. Sigue así —iba diciendo el señor Todd mientras recorría la clase devolviendo exámenes y repartiendo galletas. Galletas en forma de corazón. ¡Con chocolate! Y estaba canturreando. ¡El señor Todd no canturreaba nunca, ni traía galletas en forma de corazón con chocolate! Ni siquiera por San Valentín, ¡y hoy ni siquiera era San Valentín!

Tenía que ser una señal, una señal de que ella, la Sabelotodo Durmiente, había rendido un examen de Lenguaje superestupendo. Sí, seguramente, eso había puesto al señor Todd de tan buen humor.

En menos de un minuto toda la clase vería que ella, Madame M, tenía PEE: Poderes Especiales para Escribir. Igual que Jeane Dixon, famosa adivina estadounidense, y que el Profeta Durmiente.

En menos de un minuto, Judy recibió su examen. Y la única galleta que quedaba era un corazón roto.

¡Algo iba mal! No le habían puesto un autoadhesivo de Thomas Jefferson. El señor Todd le había puesto una pluma. ¡Una pluma de ganso! Eso significaba "sigue intentándolo y tienes que trabajar más". Una pluma era tan ridícula como un hipopótamo.

Al final del examen había una nota del señor Todd que decía:

"*Tortilla* se escribe con *ll*.

Zigzag es una sola palabra".

Judy no entendía por qué *tortiya* se escribía con ll. Y *zig* y *zag* le seguían pareciendo dos palabras. ¿Quién había escrito el diccionario? Se iban a enterar de quién era ella.

Todos los ojos estaban fijos en Judy.

Ella se puso roja hasta las orejas, como el gran diccionario, pensando "tierra, trágame". La Sabelotodo Durmiente era un fracaso, una decepción. La Sabelotodo Durmiente era una gran farsante.

¡A lo mejor también le habían dado una pluma de ganso a Jessica Finch (suspenso seguro)! Judy sabía que era un pensamiento provocado por su mal humor. Judy sabía que debía fijarse sólo en su propio examen, pero no pudo evitarlo y se dio la vuelta.

Jessica Finch estaba radiante y resplandeciente. Como el día que ganó el concurso de ortografía y salió su foto en el periódico. Jessica sostenía orgullosa el examen en alto para que Judy lo viera.

—¡Lo sabía! —exclamó Jessica—. ¡Un tricornio de Thomas Jefferson!

Un tricornio no significaba decepción, ni "Que tengas más suerte la próxima vez"; ni "Sigue intentándolo"; ni "¡Practica más!". Un tricornio significaba "¡Muy bien!".

—¿Cómo que lo sabías? —preguntó Judy.

Se suponía que era Judy quien adivinaba el futuro, no Jessica Finch.

—He utilizado el cerebro —dijo Jessica—. Hay gente que estudia.

Judy estaba verde. No le hacía ninguna falta el anillo del humor para demostrarlo.

Todos murmuraron. Se volvieron hacia Judy como un enjambre de abejas.

—¿Eh, qué le ha pasado a la Sabelotodo Durmiente?

—¡La Sabelotodo Durmiente se ha quedado dormida!

Judy Moody los fulminó a todos con una mirada digna de una enredadera de Virginia.

—Cállense —dijo el señor Todd—. Ya saben que cada quien debe ocuparse sólo de su propio examen.

—Pero, señor Todd, es que fue Judy Moody quien lo dijo. Nos lo contó. Adivinó que sacaría un 10 en el examen. ¡Y se ha EQUIVOCADO!

—¡Nadie puede adivinar el futuro! —dijo Rocky—. ¿Verdad, señor Todd?

—En realidad, nuestro futuro depende mucho de nosotros. De manera que, en el futuro, espero que se dedique cada uno a su trabajo y no al del vecino.

Eso hizo callar a todos.

—Ahora vamos a pasar a... Ciencias. Saquen sus reportes del tiempo.

Judy no sacó su cuaderno de reportes

del tiempo. Estaba comparando su examen con el de Jessica Finch.

—Judy —dijo el señor Todd—, me temo que no has oído ni una palabra de lo que he dicho. Voy a tener que pedirte que te vayas a la Antártida.

¡La Antártida!

La Antártida era un pupitre del fondo del salón con un mapa encima. Un mapa con un montón de icebergs y un montón de pingüinos. Y un cartel en el que decía "Tranqui". También podía haber dicho "En apuros".

Judy miró al señor Todd. Ya no parecía para nada el señor Gafas Nuevas, el señor Corbata de Crayones, el maestro que llevaba galletas en forma de corazón a la clase. Parecía el señor Todo.

Judy agachó la cabeza y se fue al pupitre del fondo del salón. Jessica Finch era Thomas Jefferson. Y ella, Judy Moody, era presidenta de la Antártida.

Judy estaba rabiosa. ¿Cómo iba a adivinar el futuro Madame M si no sabía adivinar un miserable examen?

Lo que sí podía adivinar era el tiempo. En la Antártida hacía frío. Un frío que pelaba.

—De acuerdo —dijo el señor Todd—. Ahora vamos con el informe meteorológico. ¿Quién va a ser hoy el reportero?

Informe meteorológico desde la Antártida: nuboso con probabilidades de no conseguir nunca un autoadhesivo de Thomas Jefferson.

Una CMI

Jessica Finch le preguntó a Judy cuando volvió a su sitio:

—¿Qué tal la Antártida?

—Lejos.

¿Qué le importaba a Jessica Finch? ¡Ella podía sacar 10 sin necesidad de dormir sobre el diccionario!

Judy estaba de un humor de perros. Estaba hundida y hecha polvo. Ella, Madame M, no sabía adivinar el futuro.

Ni el suyo ni el de nadie. No sabía adivinar ni lo que iba a pasar dentro de una hora, ni dentro de un minuto, ni dentro de un segundo. El futuro era impredecible. Y punto.

En aquel mismo momento decidió dejar de adivinar el futuro. Para siempre. Se puso de un humor triste, tristísimo.

En el recreo de la tarde fue hasta la fuente arrastrando los pies.

—Hola, Judy, ¿te pasa algo? —le preguntó Jessica Finch con mucho interés.

—Pues que soy un fracaso. No sé adivinar el futuro. Deberían llamarme Madame Farsa.

—¡De acuerdo, Madame Farsa! —dijo Jessica Finch, riéndose—. Si tú lo dices... Pero yo sé de una cosa para adivinar el futuro. Algo que NUNCA falla.

Al abrir la fuente, Judy se mojó sin querer. ¿Cómo podía Jessica Finch saber tanto sobre la adivinación del futuro?

—¿De verdad?

—De verdad.

—¿Nunca?

—¡Nunca! Mañana te la traigo. Piensa en algo que quieras preguntar. Algo que tengas dentro. Algo que te preocupe, una CMI.

—¿CMI?

—Cuestión Muy Importante —contestó Jessica.

⊚ ⊚ ⊚

A Judy se le hizo difícil la espera. Fue incapaz de pensar en otra cosa. Apenas pudo dormir, y eso que ya no tenía el gordo diccionario rojo bajo la almohada.

Judy le dio vueltas y más vueltas. Pensó en algo que tuviera dentro. Pensó en algo que le preocupase. De repente, se le ocurrió una CMI verdaderamente importante.

⊚ ⊚ ⊚

El jueves por la mañana, Judy llegó temprano a la escuela. Fue directo a ver a Jessica Finch.

—¿Has traído aquello?

Jessica abrió su mochila rosa de plástico y sacó una bola amarilla brillante con una cara sonriente pintada.

—¡La Bola Mágica 8! —exclamó Jessica.

—Ésa no es una Bola Mágica —le aseguró Judy.

—Claro que lo es. Te lo demostraré.

—¿Voy a ser yo siempre la mejor de la escuela en ortografía? —le preguntó Jessica a la bola.

La respuesta apareció en el visor de un pequeño triángulo que flotaba en un líquido azul: *¡Ganaste!*

—¿Lo ves? Prueba tú.

Judy decidió preguntar primero una cuestión práctica.

—¿Se va a poner alguna vez morado mi anillo del humor? —y agitó la bola.

Eres maravillosa.

—Otra vez —dijo Jessica.

—¿Se va a poner alguna vez morado mi anillo del humor?

Bonita ropa.

—No estás preguntando bien.

Judy agitó con más fuerza la bola.

—¿Voy a ser médica cuando sea grande?

Eres genial.

—¿Voy a ganarme un autoadhesivo de Thomas Jefferson por sacar un 10 en ortografía?

Eres muy graciosa.

—¿Se van a enfadar papá y mamá por mi examen de Lenguaje?

Tu aliento huele a menta.

—Ésas no son respuestas. ¿Por qué dice tantas tonterías?

—Es que es la Bola Mágica Feliz. Sólo da buenas respuestas.

—¡No vale! ¡La Bola Feliz es un engaño!

—Pero un buen engaño —afirmó Jessica.

—No voy a preguntarle mi CMI. Me dará una buena respuesta, pregunte lo que pregunte.

—Exacto.

—¿Cómo puedes creer que la Bola Feliz adivina algo, si siempre dice tonterías y cosas buenas?

—No me importa —insistió Jessica—. A mí me gusta la Bola Feliz.

—Necesito una Bola Mágica 8 Desgraciada. Que no mienta.

Y sabía dónde conseguirla.

◎   ◎   ◎

Judy convenció a Rocky y Frank de que fuesen con ella al supermercado Vic's al

salir de clase. También los acompañó
Stink.

—Espero que no compren otra mano
de goma para gastarme otra broma
—comentó.

—No —dijo Judy—. Voy por una bola
de cristal.

Cuando llegaron a Vic's, Judy los llevó
a la sección de juguetes. Vieron tarjetas
de trols para cambiar, una alcancía que
era un ojo y borradores en forma de gato.
Entonces Judy vio una. Una bola negra
con el número 8 en un círculo blanco.

—¡La Bola Mágica 8! —exclamó Judy—. La auténtica.

—Esa bola de cristal es de plástico —dijo Stink.

—Pero adivina el futuro.

Judy sujetó la Bola Mágica 8 en la palma de la mano. Tuvo la sensación de notar sus mágicos poderes adivinatorios.

—Cada uno podrá hacerle una pregunta —explicó Judy—. ¿Quién se atreve a hacerle la primera pregunta a la Bola Mágica Sabelotodo?

—¡Yo, yo, yo! —exclamó Frank.

—De acuerdo —aceptó Judy, pasándole la bola.

—¿Van a regalarme una máquina para hacer caramelos en mi cumpleaños?

—Se te olvidó cerrar mucho los ojos y concentrarte —dijo Judy.

Frank cerró mucho los ojos y se concentró. Volvió a preguntar. Agitó la Bola Mágica 8. Se acercaron a mirar el visor.

Las perspectivas no son buenas.

—Espero que esta cosa mienta —dijo Frank.

—Ahora yo —Rocky agitó la Bola 8 en la mano—. ¿Está Frank Pearl enamorado de Judy Moody?

Todo indica que sí.

—Es tan chistoso que se me ha olvidado reírme —dijo Frank.

—Dámela —ordenó Judy.

—Me toca a mí —se quejó Stink.

—Sólo puedes hacer una pregunta, así que piénsala bien —dijo Judy—. Y date prisa.

—¿Voy a ser presidente cuando sea grande?

No cuentes con ello.

—¿Va a dejar de volverme loca mi hermano pequeño?

Mejor no te lo digo ahora.

Stink agarró de nuevo la Bola Mágica.

—¿Quiere Rocky a Judy?

—No hagan enojar a la Bola Mágica —ordenó la voz fantasmal de Madame M. Y miró el visor—. ¡Aparece una burbuja de aire! ¿Ven? Ya no tienen derecho a más preguntas —sentenció Madame M—. Tenemos que volver a ponerla en su sitio.

—¿Cómo?

—¡La burbuja de aire! ¡Son las normas!

Stink, Rocky y Frank fueron a comprar chicles.

—Ahora los alcanzo —dijo Judy.

Judy Moody no volvió a dejar la Bola Mágica 8 en la estantería. Le quedaba una última pregunta. La que llevaba días preocupándola. La CMI.

Judy miró hacia todos lados. Se concentró, agitó la Bola Mágica y susurró.

—¿Está enamorado el señor Todd?

Respuesta confusa, inténtalo otra vez.

Judy cerró los ojos. Contuvo el aliento. Dijo algunas palabras mágicas.

—Cúcara, mácara. ¿Está enamorado el señor Todd? —agitó la Bola Mágica dos veces y luego abrió los ojos.

Ahí estaba la respuesta. Un pequeño triángulo flotante en un líquido azul.

Sí, por supuesto.

Operación Amor verdadero

Judy se tumbó en la litera de arriba y se quedó mirando las estrellas fosforescentes del techo. Todo encajaba: el anillo rojo, las gafas nuevas, el canturreo, las galletas en forma de corazón... Estaba clarísimo. No tenía más que fijarse y usar el cerebro, atar cabos. ¡El señor Todd estaba enamorado!

Al fin ella, Madame M, podía adivinar algo real y verdaderamente importante.

Algo que sólo ella, Judy Moody, sabía. Judy trazó un nuevo plan, un plan perfecto de adivinación del futuro a prueba de engaños y fracasos. Bastaba con conseguir que el señor Todd se pusiera el anillo. Tenía que comprobar si se ponía rojo, *Romántico, enamorado.*

Sólo había un problema: le había prohibido llevar el anillo del humor a la escuela.

El viernes por la mañana Judy agarró el anillo, pero no se lo puso, ni se lo enseñó a nadie. Lo llevó escondido en la caja de los dientes de leche y metido en el bolsillo secreto de la mochila, hasta que acabaron las clases.

Había llegado el momento del Plan Anillo del Humor. Operación Amor Verdadero. Ella, la doctora Judy Moody, estaba segura y convencida de que la Bola Mágica 8 no mentía. Pero tenía que estar supersegura.

—Señor Todd —dijo Judy, sacando el anillo del humor de la caja secreta—. Ya sé que no debo traer a la escuela el anillo del humor, pero tengo una CMI. Una Cuestión Muy Importante.

—Voy a ponerme de mal humor si vuelvo a ver ese anillo en clase.

—Todo el día lo tengo guardado. Lo prometo. Sólo quería preguntarle cómo funciona el anillo del humor. Por curiosidad científica y nada más.

—Los anillos del humor son interesantes. Cuando yo era pequeño eran muy populares.

—¡Imposible! —exclamó Judy.

—¡Posible! —se rió el señor Todd—. Déjame ver otra vez ese anillo —y lo agarró.

Judy intentó mandarle un mensaje PSE. "Ponte el anillo. Ponte el anillo."

—Los anillos del humor tienen su propia ciencia.

"Ponte el anillo."

—¿Sabían que los cuerpos despiden energía en forma de calor?

"Ponte el anillo."

El señor Todd se puso el anillo en el dedo índice.

—Los cristales líquidos cambian de color igual que nuestros cuerpos cambian de temperatura. ¿Ven? El color rojo es por el calor.

¡Funcionó! ¡Rojo! El anillo estaba en *Romántico, enamorado.* Rojo rojísimo.

—Hace calor aquí, ¿verdad? —dijo el señor Todd.

—Estamos al rojo vivo —contestó Judy—. Como para derretir la Antártida.

—Me temo que la Antártida va a seguir donde está —y le devolvió el anillo—. ¿Contesta esto tu Cuestión Muy Importante?

—¡Sí, sí, sí! ¡Gracias, señor Todd!

Judy salió disparada por la puerta. Madame M estaba otra vez en marcha.

A partir de ahora iba a adivinar el futuro como nunca. Judy besó el anillo del humor.

Se lo puso en el dedo tan pronto subió al autobús. El anillo estaba ámbar. Ámbar significaba *Nervioso, tenso.* Sabía lo que la tenía nerviosa: que había hecho la mejor adivinación de toda su vida. Antes de que pudiera decírselo a nadie, tenía que averiguar de quién estaba enamorado el señor Todd. No iba a ser fácil.

❧   ❧   ❧

Judy volvió a la biblioteca el sábado por la mañana. Buscó a Lynn, la bibliotecaria de los aretes del tenedor y el pastel. Ese día llevaba unos aretes que eran unos monopatines.

—¡Te cambiaste de aretes! —dijo Judy.

—Suelo hacerlo. ¿Qué quieres?

—¿Dónde hay libros que digan si una persona está enamorada?

—Verás, esas cosas no vienen en los libros. Normalmente una persona lo sabe...

—Para que lo sepas, no se trata de mí —dijo Judy, poniéndose colorada como un tomate—. Quiero saber si está enamorada otra persona.

—Ah, ya entiendo.

—Hay miles de libros. Aquí debe de haber algo relacionado con el tema del amor. A todo el mundo le gusta el amor.

—Déjame ver —dijo Lynn—. Tenemos libros del día de San Valentín. Y también novelas de amor.

—¿Y sobre hechizos? ¿Y conjuros secretos?

—Vamos a ver...

La bibliotecaria llevó a Judy a la sección de amor y sacó un libro morado con letras plateadas perdido en una estantería. Las letras decían *Descubre tu verdadero amor.* Judy lo abrió y lo hojeó. El capítulo cinco se titulaba "¡Lo que necesitas es un tazón de miel!".

—¡Miel! ¡Qué fácil! ¡Me lo llevo! ¡Gracias!

Judy empezó a leer el libro mientras esperaba en la fila a que lo registraran para llevárselo, y siguió leyéndolo de camino a casa.

"Antiguamente, se usaba un tazón de miel para revelar la identidad de un verdadero amor".

Judy fue directo a la cocina y vertió un frasco de miel espesa y pegajosa en un tazón. Añadió luego unas palabras mágicas.

—Cúcara, mácara. ¿De quién está enamorado el señor Todd? —dijo, y se quedó mirando la miel.

Lo que vio se parecía a... un pollo.

¡Imposible! El señor Todd no estaba enamorado de un pollo.

"En Egipto, en cambio, miraban en los tinteros".

Judy agarró un tintero del escritorio de su madre. Vació la tinta en una fuente, pero lo único que vio fue el reguero que había armado y un manchón de tinta en la camiseta, que parecía la

Antártida. Nadie estaba enamorado de la Antártida.

"Pon un plato en una mesa y echa dentro veintiún alfileres".

Ése se lo saltó. No tenía alfileres ni nada por el estilo.

"Pon un trozo de pastel de bodas debajo de la almohada y sueña con la persona con la que vas a casarte".

¡Pastel de bodas! ¿Dónde demonios iba a encontrar un pastel de bodas?

"Vas a necesitar un reloj y un cepillo del pelo".

¿Un cepillo del pelo? A Judy nunca le habían gustado los cepillos del pelo. ¿Qué tenía eso que ver con el amor verdadero? ¡Este asunto del amor era complicado de verdad!

"Recorta veintisiete cuadraditos de papel, cada uno con una letra del alfabeto. Coloca las letras boca abajo en un cuenco con un poco de agua. Las letras que se den la vuelta formarán el nombre de la persona amada".

Cuenco de agua, letras... Lo rodeó con un círculo. ¡Podría convencer al señor Todd de que lo hiciera!

"Aprieta una semilla de manzana contra la frente y recita las letras del alfabeto. Cuando la semilla se caiga, ésa será la inicial del nombre de la persona amada".

Semilla de manzana. ¡También podía hacer éste! Le dibujó unas estrellas al lado.

"Enciende una vela. Si la cera se derrite hacia la izquierda está enamorada una mujer; si se derrite hacia la derecha, está enamorado un hombre".

¡QUÉ CURIOSO!

Judy se escribió una nota a sí misma:

Una adivinación que no es ficción

Judy fue la primera que llegó a la clase el lunes por la mañana.

—¿Quieres repartir los crayones, Judy? —preguntó el señor Todd.

—¿Para qué?

—Hoy vamos a escribir todo con crayones.

—¿Para qué? —volvió a preguntar.

—¡Para divertirnos!

—Son mejores los plumones gordos.

El señor Todd frunció el ceño.

—Era un decir...

—¿No te gusta el olor de los crayones?

Judy los repartió enseguida. Luego le preguntó al señor Todd si podía hacer un experimento científico en su mesa. Puso un cuenco con agua y veintisiete letras de papel junto a su lápiz.

Le pareció una eternidad mientras esperaba a ver qué letras se daban la vuelta. ¡Muy pronto, ella, Madame M, sabría el nombre del amor secreto del señor Todd! Ya no sería Madame M, de Mentira, ni Madame Farsa. En clase de Ciencias, Judy vio que unas letras en el cuenco de agua se habían volteado. El señor Todd habló de las nubes en forma

de cúmulos. Judy dibujó unas nubes con un crayón *azul ventisca*. Dibujó unas nubes con forma de corazones y crayones.

Al terminar la clase, se fue directo a la mesa del señor Todd. ¡Se habían volteado muchas letras! Pero la tinta del plumón se había corrido y emborronado en el agua. ¡No se podía leer ni una letra!

—¿Te funcionó el experimento? —preguntó el señor Todd.

—No. Ha sido un fracaso total.

—Vuelve a intentarlo. La ciencia de verdad requiere tiempo y dedicación.

"Sí", pensó Judy. Pero esta vez emplearía una semilla de manzana.

❧　　❧　　❧

Judy se comió la manzana en el recreo y cuando vio al señor Todd hablando en el patio con Rocky y Frank, se acercó a él.

—Señor Todd, ¿me ayuda con otro experimento?

—Todo sea por la ciencia.

—Póngase esta semilla de manzana en la frente. Luego diga en voz alta el abecedario.

—¡Qué gracioso! —exclamó Frank.

—¿Va a hacerlo? —preguntó Rocky.

—No me suena muy científico esto —el señor Todd se puso la semilla de manzana en la frente mientras decía—: A, B, C, D, E, F...

Todos los chicos se rieron.

—¿Es una broma? —preguntó el señor Todd.

—¡No pare! —exclamó Judy—. ¡O se daña el experimento!

El señor Todd siguió hasta que se le cayó la semilla de manzana al llegar a la T.

La letra T, pensó Judy. Igual que Todd.

—¿Qué hago ahora?

—Ya veremos —dijo Judy—. La ciencia de verdad requiere tiempo y dedicación.

—Me alegro de poder ayudarte. Ahora, mejor volvamos adentro. No olviden de que hoy es el gran día. Nuestra invitada especial va a venir a clase.

—¿La Dama de los crayones? —preguntó Frank—. ¿Hoy?

—¿Cómo olvidarlo? —dijo Judy—. El señor Todd lleva toda la semana con los crayones en el cerebro.

¿A quién le importaban los crayones? Los crayones eran para los de kinder. Ella tenía cosas de mayores en que pensar. Cosas importantes. Como el amor.

❧   ❧   ❧

En clase, limpiaron el pizarrón y recogieron los papeles de debajo de los asientos. Dieron de comer al pez, vaciaron la papelera y borraron las marcas de lápiz de los pupitres. El señor Todd quería que el salón estuviera superespecial, superreluciente.

—Nunca lo habíamos limpiado así por nadie —afirmó Frank.

—¿Cómo te parece? —dijo Judy—. ¿Quién va a mirar en la papelera?

—¿Ésa es la invitada? —preguntó Frank, señalando a la mujer que estaba llamando a la puerta.

En cuanto la mujer entró, todos escucharon con mucho interés.

—Atención, todos. Quiero presentarles a una amiga especial, la señora Tater. Como ya saben, es escritora y artista, y ha venido hoy desde Nueva York para hablarnos del libro que acaba de publicar, titulado *Los crayones no se comen*.

Todos aplaudieron. ¡La Dama de los crayones parecía una caja de crayones! Llevaba un suéter amarillo limón y una falda estampada. Tenía el pelo corto y rizado, y se había puesto un colorido pañuelo alrededor de la cabeza. Hasta los aretes eran crayones. ¡Lo mejor de todo era que sus botas tenían diseños que parecían haberse hecho con un crayón anaranjado derretido!

La señora Tater enseñó el libro donde se contaba cómo se hacían los crayones. Dijo que era un libro informativo, o de no ficción.

—No ficción es lo contrario de ficción. Significa verdadero.

La señora Tater era nada vieja (o sea, joven), nada fea (o sea, guapa) y nada aburrida (o sea, interesante). Contó que el primer crayón se había hecho hacía cien años; y que la fórmula secreta de los crayones era: color, polvo y cera.

Luego encendió una vela y mezcló unas gotas de cera con polvo rojo para demostrarlo.

—Es como mezclar la harina para hacer un pastel —les explicó.

La señora Tater les dijo que una vez había conocido a un tipo famoso llamado el Capitán Canguro en un museo de crayones de Nueva York.

Además habló de la máquina comecrayones, que detectaba los crayones rotos o con defectos y los tiraba a la basura.

La señora Tater dijo que una vez le puso nombre a un crayón.

—¿Cómo lo llamó? —preguntaron todos.

—*Luna de calabaza* —y mostró un crayón naranja que le hacía juego con las botas—. El señor Todd me ayudó a buscar el nombre —tenía una sonrisa de *noche clara*—. Hay algunos nombres nuevos de crayones como *mandarina ató-mica*, *bananamanía* o *berenjena*.

¡Así que berenjena era un color! ¡Stink tenía razón!

—¿Hay algún crayón que se llame *calabacín*? —preguntó Judy.

—No, pero es una buena idea. Aunque mi favorito de todos es el *morado real*.

—¡QUÉ CURIOSO! —exclamó Judy. ¡Morado real! Eso en el anillo del humor era *Encantado de la vida*.

—El favorito del señor Todd es el *bermellón*.

—Es decir, rojo —aclaró el señor Todd.

¡Rojo! Judy dio un respingo y aguzó las orejas todo lo que pudo.

—¡No debemos olvidarnos del *maca-rrones con queso*! —la señora Tater levantó un crayón de color queso—. ¡Parece que se puede comer! Pero de eso se ocupa la máquina comecrayones.

Toda la clase soltó una carcajada.

—Ahora les toca a ustedes. ¿A quién se le ocurre un buen nombre para un crayón?

—¡*Marrón guante de béisbol*! —respondió Frank.

—¡*Rosa cerdito*! —exclamó Jessica Finch.

—*Barro* —sugirió Brad.

—¡*Azul melancolía*! —dijo Judy.

Cuando acabaron, la señora Tater los dejó que hicieran preguntas.

—¿Cuánto se tarda en hacer un crayón? —preguntó Jessica Finch.

—Unos quince minutos.

—¿Cuánto se tarda en escribir un libro? —preguntó Rocky.

—Más que lo otro. Me costó casi un año.

—¿Quién inventó los crayones? ¿George Washington? —preguntó Frank.

—El primero fue idea de unos tipos llamados Binney y Smith. Era negro. La esposa de Binney, Alice, era maestra, como el señor Todd. Ella fue quien inventó el nombre de "Crayola".

—¿Más preguntas? —dijo el señor Todd.

Judy agitó la mano en alto.

—Tengo un comentario, no una pregunta.

—¿Sí? —dijo la señora Tater.

—Usted es muy… nada aburrida.

—Gracias. Es un gran cumplido.

Todos aplaudieron a la Dama de los crayones cuando acabó la charla.

—Atención, todos —dijo el señor Todd—. La señora Tater nos ha traído crayones de regalo. Hagan una fila para que los reparta, y luego pueden volver a su puesto a dibujar.

Judy se puso en la fila para recibir su crayón. Entonces lo vio. ¡La vela! Toda la cera de la vela que había prendido la señora Tater se había derretido por un solo lado: el izquierdo.

¡Un momento! Si el señor Todd estuviera enamorado, la cera se habría derretido por el lado derecho. El lado izquierdo significaba que estaba enamorada una mujer.

Judy observó con atención a la Dama de los crayones. El señor Todd le dio un crayón bermellón y ella le sonrió como si se hubiera convertido en un apuesto príncipe o algo por el estilo.

¡Algo por el estilo! ¡Claro! ¡Por supuesto! ¡La señora Tater estaba enamorada! Las gotas de cera lo demostraban. Judy se lo notó en la mirada. Y Tater empezaba por T, como había adivinado la semilla de manzana.

¡Al fin, ella, Judy Moody, había hecho una adivinación que no era ficción! ¡El señor Todd y la Dama de los crayones estaban enamorados! Había un bermellón de razones.

Morado Real

Judy Moody tenía ganas de contárselo a todo el mundo, así que se lo dijo a Frank, Rocky, Stink y a todo el autobús. Se lo contó a sus padres cuando volvió a casa, e incluso llamó a Jessica Finch. Anunció al mundo entero su mejor adivinación del futuro que no era ficción:

—Madame M adivina... ¡ta-rán!... que el señor Todd y la Dama de los crayones están enamorados.

A la mañana siguiente, la escuela era un hervidero con esa noticia. ¿De verdad? ¿Sí? ¿Había adivinado Judy Moody algo por fin? ¿Cómo lo había sabido? ¿Habría que preguntarle al señor Todd?

Esa mañana los de Tercero parecían palomitas de maíz saltando en la sartén.

—¿Qué les pasa esta mañana que no se pueden quedar quietos? —dijo el señor Todd.

—Hay algo que queremos preguntarle —dijo Judy dándole tres mordiscos nuevos al lápiz.

—Sí, sí, sí —la apoyaron todos.

—Pues antes de que me pregunten, tengo que darles una noticia importante. Es un secreto, pero creo que ya es hora de contarles.

Chas. Chas. Judy comenzó a mascar el borrador del lápiz.

—¿Se acuerdan de la señora Tater, la escritora que conocieron ayer?

¡Judy estuvo a punto de ahogarse con un trozo de borrador! Todos contuvieron el aliento. Las palomitas dejaron de saltar.

—Espero que les haya gustado su charla y que hayan aprendido algo sobre cómo se hacen los crayones y los libros.

Chas. Chas. Chas.

—Ya les dije que la señora Tater es una amiga especial. Y me alegro de que la hayan conocido, porque ella y yo estamos comprometidos. ¡Vamos a casarnos! Y todos ustedes están invitados a la boda.

—¿Boda?

—¡Mmm, pastel!

—¿Puedo ir?

—¿Seguirá siendo nuestro maestro?

Surgían preguntas y más preguntas.

—¿Tendrán muchos crayones en su casa? —preguntó Jessica Finch.

—¿Sus hijos serán los Tater-Todd? —rió Frank.

Judy tampoco paraba de reír.

—¡LO SABÍA!

Saltó del asiento. El borrador mordido de su lápiz fue a parar al otro extremo de la clase. Casi se puso a bailar en el pasillo entre los pupitres.

—¡Judy Moody ya lo había adivinado! —chilló Frank Pearl—. ¡Tenía razón!

—¡Ayer ya lo sabía! —dijo Rocky—. Nos lo contó en el autobús.

—¡A mí me llamó por teléfono! —dijo Jessica Finch.

Todos señalaban a Judy.

—¡Sí! ¡Nos lo contó! ¡Lo sabía! ¡Lo había adivinado!

—¿Es verdad, Judy? —preguntó el señor Todd.

—No ficción —contestó Judy.

—¿Cómo lo supiste? Creíamos que era un secreto bien guardado.

Judy recordó todas las formas por las que se había enterado. El anillo del humor que se había puesto rojo, la semilla de la manzana, la cera de la vela... Pero, sobre todo, la sonrisa de oreja a oreja del señor Todd a la señora Tater. Y la mirada de ella cuando les enseñó el crayón *luna de calabaza*.

Podía decir que había sido el anillo del humor o sus PSE. Podía decir que ella, Madame M, de Moody, adivinaba el futuro. Como Jeane Dixon, famosa adivina estadounidense, pero sin recurrir a huevos. Aunque Judy se dio cuenta de que hay cosas que se saben sin más, con el corazón. No tienen explicación.

—El cómo lo supe es un secreto —dijo.

Por fin Judy Moody había adivinado el futuro.

Al llegar a casa fue directo a su cuarto, abrió la caja donde guardaba los dientes de leche y sacó el anillo del humor. Se lo puso en el dedo, cerró los ojos y contuvo el aliento. Contó hasta ocho, su número favorito. Pensó en cosas de color morado y abrió los ojos.

¡Negro! El anillo del humor estaba negro como la noche, negro como el carbón. Negro como un manchón de tinta regada por descuido. Negro como el mal humor.

¿Cómo podía estar negro si ella estaba encantada de la vida? ¡Un momento! El anillo del humor había empezado a cambiar de color. Sí. Ante sus propios ojos. ¡Se estaba poniendo morado! ¡Morado real!

El señor Todd había dicho que el futuro depende de cada uno. A partir de ese momento, Judy iba a decidir su futuro; y no había mejor momento para empezar que el presente.

Sacó un lápiz (no uno Gruñón, sino otro) y escribió en "el cuaderno de no tareas" estas palabras de no ficción:

Planes de Judy Moody para el futuro

Ser médica.
Conseguir que Stink no me moleste
Vestirme para una boda
Quizá escribir un libro (¡no sobre crayones!)
Escribir bien tortilla y zigzag
Alejarme de la Antártida
Pintar mi cuarto de morado real

El futuro estaba esperándola ahí fuera.

Y había otra cosa de la que Judy estaba absolutamente convencida: vendrían otros muchos cambios de humor.

LA AUTORA

Megan McDonald, autora de la inmensamente popular y galardonada serie protagonizada por Judy Moody, nació en Pensilvania, EE. UU., y fue la menor de cinco hermanas en el seno de una familia de infatigables contadores de historias. Como a ella no la dejaban contarlas, comenzó a escribirlas. A propósito de *¡Judy Moody adivina el futuro!*, dice: "Soy una niña de los años sesenta y los anillos del humor fueron algo mágico para mí. En cuanto vi que volvían a ponerse de moda, supe que Judy Moody tenía que tener uno. ¡Sólo Judy Moody es capaz de pensar que puede ponerse un anillo del humor para ver el futuro! ¿Quién sabe? Tal vez sí. ¿Acaso no es cierto que nuestro destino es en parte obra nuestra?". Megan McDonald vive en California, EE.UU., con su marido, Richard.

EL ILUSTRADOR

Peter H. Reynolds es el ilustrador todos los libros de Judy Moody, y afirma: "Judy se ha convertido en una parte fundamental de mi vida. ¡A veces tengo la sensación de que es vecina mía! *¡Judy Moody adivina el futuro!* trata un tema profundo, el de poder ver el futuro. Judy lo explora jugando mientras anima al lector a hacer lo mismo. Espero que Judy anime a los lectores a adivinar un futuro de buen humor, un futuro de paz". Peter vive en Massachusetts, EE.UU.